文／艾曼紐·雷貝迪　　圖／安娜·桑菲力波　　譯／林幸萩

主編／胡琇雅　　執行編輯／倪瑞廷　　美術編輯／許曦方

董事長／趙政岷　　總編輯／梁芳春

出版者／時報文化出版企業股份有限公司

　　　　108019台北市和平西路三段240號七樓

發行專線／（02）2306-6842

讀者服務專線／0800-231-705、（02）2304-7103

讀者服務傳真／（02）2304-6858

郵撥／1934-4724時報文化出版公司

信箱／10899臺北華江橋郵局第99信箱

統一編號／01405937

copyright © 2022 by China Times Publishing Company

時報悅讀網／www.readingtimes.com.tw

法律顧問／理律法律事務所　陳長文律師、李念祖律師

Printed in Taiwan

初版一刷／2022年05月13日

初版二刷／2024年06月20日

採環保大豆油墨印製

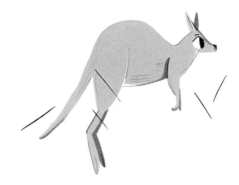

文/艾曼紐‧雷貝迪

圖/安娜‧桑菲力波

譯/林幸萩

我不想睡覺！

# 袋鼠之夜

今天晚上，我可不像媽媽一直打哈欠。我還有滿滿的活力，
所以根本不想上床睡覺！我還想在客廳的沙發上跳來跳去。
太棒了，我幾乎快摸到天花板！

看呀！你有看到我跳得多高嗎？我想要打破我的跳躍記錄。
再跳一下，再兩下，還要再……

「上床睡覺咯！」爸爸說著，用他大大的雙臂抱住我。
「別再耍特技了，該睡覺了，比莉！」

真討厭！刷完牙和尿尿之後，我躺在床上。
但是我一直動來動去，因為棉被裡實在太熱了。
我不想睡覺！

「爸爸，我們來玩搔癢遊戲好嗎？」
「嗯⋯⋯不然我們來讀本故事書好了。」

太棒了，媽媽選了我最喜歡的書！
這本書在講一隻小袋鼠在大草原上跳躍的冒險故事。
你覺得我可以模仿牠嗎？
當然可以！
噔噔、噠噠、噹噹、蹦蹦、跳跳！

過了一會兒，
我覺得有點累了。

「媽媽，我口渴了！」
「妳都流汗了。來吧，冷靜下來，我們來一個大大的擁抱。」

耶！這樣我的電池又可以充滿電了！
就是這樣，現在我又不想睡了！
可是媽媽卻在這一刻跟我說：「晚安。」

喀噠！她關掉大燈，然後就走了。喔喔喔，準備戰鬥！
我的腿在被子下扭來扭去，它們可不想保持安靜。
我的手拍打著枕頭，砰！砰！砰！

只要我一閉上眼睛，就會看到大草原上的獅子！
我要怎樣才能逃走？
馬上從我的床上跳下來？對！沒錯！

當我在走廊跳到第九下時，爸爸抓住了我的睡衣。

「嘿！妳要跳到哪裡去？」
「我想尿尿。」
「又要尿？這已經是第三次了！」

我尿了兩滴之後，爸爸送我回到床上。

嗯，這時候，我突然有很多問題想問。

「爸爸，為什麼我必須上床睡覺，而你不用？」
「因為我是大人，需要的睡眠時間比妳少。而且，妳知道的，妳要睡覺才會長高。妳看，妳在打哈欠，瞌睡蟲來了！」

什麼？我哪有打哈欠！我剛剛只是發出「啊啊！」的聲音啦！

於是，爸爸離開了。
躺在床上很無聊，我翻過來翻過去，翻筋斗，甚至轉圈圈。
玩到我暈頭轉向的！

什麼？你認為我應該窩在被子下，不要再亂動嗎？
但是我做不到！

我的心裡有一隻焦躁不安的小袋鼠。
請幫幫我，牠不想冷靜下來！

選擇一張卡片
來幫助比莉
進入夢鄉。

啊，謝謝！我感覺到小袋鼠開始有點累了。
牠的雙腿攤平，頭也低低的，躺在牠的枕頭上，輕輕的
闔上眼睛。

你看！就連大草原上的獅子也睡著了。

我想起剛剛媽媽講的故事結局，到了晚上，小袋鼠蜷縮
在媽媽溫暖的口袋深處，睡得很香甜。
我像小袋鼠一樣蜷縮在被子下，回想起今天的冒險，真
開心！

現在，我要為新的一天恢復精力。
晚安，累壞的小袋鼠！

# 趕走喀哩咔啦

最近，我的房間裡有位新房客，牠住在我的床底下，而且只會在晚上出現。牠就是骷髏怪喀哩咔啦。

爸爸媽媽不相信我，他們看不到喀哩咔啦。

但我知道牠就在那裡。

當我要睡覺時，我必須跨一大步爬上床，這樣我才不會不小心碰到床底。
「比莉，妳就不能像一般人一樣爬上床嗎？」爸爸媽媽問我。
「不行！如果不這樣做，喀哩咔啦會抓住我的腳，把我抓走！」

白天的時候，喀哩咔啦躲得非常好，不會引人注意。
「這裡什麼都沒有，不用擔心！」爸爸媽媽趴在地上檢查我的床底下說。
「那是因為光線很亮讓牠隱形了！」我回答。

沒有用，他們堅信喀哩咔啦只是我的想像。
但是你會相信我吧？

睡覺時間到了，爸爸媽媽關上我的房門。
我發現自己在黑暗中，沒有任何其他人。這時喀哩咔啦醒了。
一開始，牠只是發出一點噪音。

「喀哩哩……咔啦啦……」
你聽到了嗎？

如果你是我，你會怎麼做？
你的雙耳能夠靜靜的入睡嗎？當然不行！

為了趕走牠，我先是在被子裡縮成一團。然後不停檢查有沒有任何
東西從床下伸出來，沒有腳，沒有手臂，也沒有手指甲跑出來。
我用力閉上眼睛告訴自己，也許等一下牠就會消失。

聽！
「喀哩……咔啦……」
牠一直在這裡！

我很害怕！告訴我該怎麼做，你有什麼點子嗎？
對，就這麼做！我再次打開燈，快速的從床上爬下來，全身發抖去找
爸爸媽媽。

他們在客廳裡，依偎在沙發上看電視。
我悄悄的擠到他們中間溫暖的抱枕下。
啊哈！在這裡的話，喀哩咔啦就沒辦法對我怎麼樣了。

「比莉，發生什麼事，妳做惡夢了嗎？」
「不是，是喀哩咔啦，牠想把我抓走，我怕再也見不到你們了。
真的很可怕，你們不覺得嗎？我才不要和爸爸媽媽分開。」

我看得出來媽媽有點動搖，想讓我今天跟她一起睡。
但是爸爸不同意。

「比莉，親愛的，妳這個年紀，必須學會像大人一樣一個人睡覺。」
他溫柔的說，並護送我回房間。

「但是爸爸，大人不會一個人睡，你和媽媽一起睡，所以喀哩咔啦
不會找你麻煩！」

唉唉唉！不管怎樣，爸爸都聽不進去，他只是給了我一個大大的擁抱，
然後又把我留在床上，說：
「別擔心，我們就在隔壁，什麼事情都不會發生。」
但是喀哩咔啦不會在隔壁，他就在我床底下，很近，我能感覺到。

這時候，牠爬出來了！現在我只要一閉上眼睛，就會看到牠一身白骨站
在我面前，微笑看著我。牠看起來不太恐怖，但我想要牠滾出去！
請幫我把牠趕走……
要不然我一定整晚無法閉上眼睛。

選擇一張卡片
來幫助比莉
趕走喀哩咔啦。

啊，謝謝！喀哩咔啦變得越來越小，一拐一拐的走遠了，
看起來一點也不可怕。
跟我一起對牠吹氣：噗呼！噗呼！
牠消失了！只剩下一小團金塵。
看起來就像是夜晚閃耀的星星，好漂亮！

後來，我再也沒有聽到任何怪聲音，只有雨滴敲打著百葉窗啪答啪答
的聲音，這個聲音很令人安心。

你說，如果喀哩咔啦某天晚上又回來，你還會幫我嗎？我們兩人一起
總比一個強！就這樣，晚安咯！我好像快睡著了……

# 一個不一樣的夜晚

這幾天，我們一直在數睡覺的日子。再五天，四天，三天，兩天……
我就要去爺爺奶奶家度假了！我好久沒見到他們，真的好想念他們喔！
今天晚上，我劃掉倒數日曆的最後一格。
「來吧，只要再睡一個晚上就是出發的日子了！」媽媽高興的說。

這一次，我沒有抗議就上床睡覺了，我已經等不及明天的到來！
可是，奇怪，我的眼睛閉不起來。我看著放在床邊的行李箱，越看越
覺得有點奇怪。
太奇怪了，我突然很想哭，實在不知道為什麼。

「媽媽～～～～」
還好，她馬上就跑過來。
「怎麼了，我的寶貝？」
「我不想睡覺，我想和妳聊聊天。」

媽媽躺在我旁邊，我抱著她，拉著她的手，聞著她的味道。
有她在這兒真好。

「是因為明天要離開讓妳
很不安嗎？」
她低聲對我說。

「是的。」我小聲回答。

我很想和爺爺奶奶一起去度假，但同時又很害怕。
一定是因為這個大行李箱裡面有股悲傷，我感覺得到。
越看它越覺得沉重，好像就放在心頭上似的，壓得我喘不過氣。

「不然我們把行李箱放在門附近，
走廊那裡？」媽媽建議。

好主意。我把行李箱拖到走廊，真的好重！但我還是這麼做了，
把它放在門外。喔，突然間，我感覺從巨大的重量中解脫了。
「晚安，小行李箱，明天見！」媽媽微笑著低聲說。
這讓我發笑，我喜歡她這麼說。

可是，不知道怎麼回事，今天晚上一切都讓我覺得好煩。
從走廊的大窗戶看出去，樹木在黑暗中搖動。
你覺得外面有暴風雨嗎？
我停了下來，不敢再往前走。
「媽媽，如果窗戶打開了，風會把我吹走嗎？」

「別擔心，我的寶貝，一點小風可不會讓妳從我們身邊飛走，」
媽媽笑著說。「我們的房子很堅固。」
喔，幸好！

當我經過廚房時，爸爸正一邊聽收音機一邊洗碗，收音機裡的人在說關於疾病的事。

而我又開始擔心了……

「爸爸，你會感染病毒嗎？」

「嗯……有可能會。」爸爸回答，他的手上沾滿肥皂泡泡。

「媽媽也會嗎？如果你們生病死掉，我就不能和你們在一起了！」

你是不是也想過這些問題？奇怪的是，這些想法總是在晚上穿著黑色大衣出現。尤其是在一個重要的出發日前夕。

「哦！親愛的，妳不必擔心。我們身體很健康，我們會一直在這裡照顧妳。」媽媽回答。

「我們約好，下次教你騎腳踏車。」爸爸補充道，吹了一個泡泡放在我的鼻子。
泡泡破掉消失不見！哇喔……太棒了，我等不及想學怎麼踩腳踏板！

來吧，走吧！爸爸帶我回房間，媽媽也一起來。
「你們可以和我一起去爺爺奶奶家度假嗎？這樣我們就可以待在一起了！」
我問，心怦怦直跳。
「幾天後我們會和妳會合，」媽媽低聲說：「我們會玩得很開心的。」

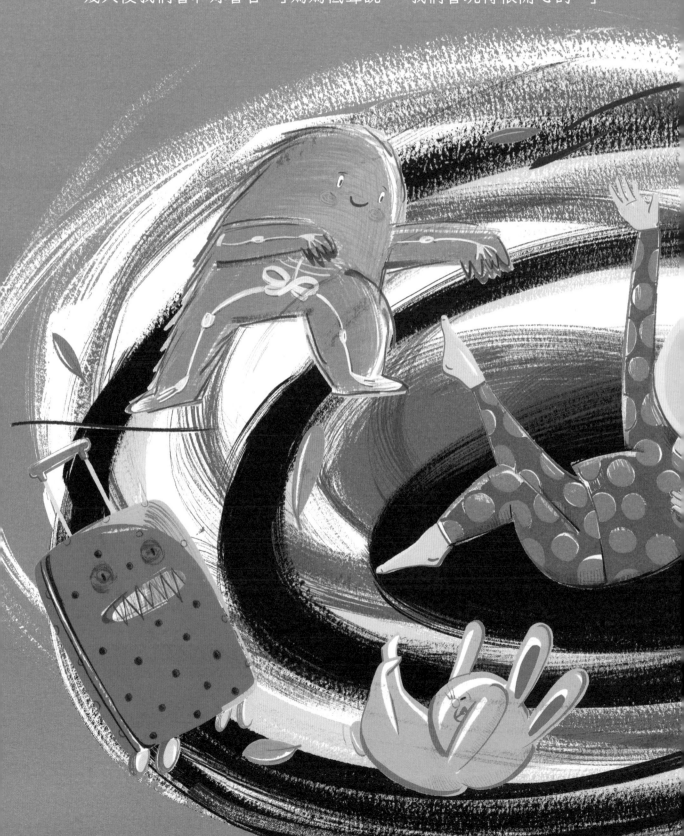

媽媽的話安慰了我，讓我放鬆下來。但是一切漸漸變得軟趴趴，我感覺
自己好像要滑進一個大洞。
原來我的擔心都還在，而且要把我吸進去了！救命啊！
請幫幫我，我要被吞沒了！

選擇一張卡片，
幫助比莉
擺脫恐懼！

哦，謝謝！你看，這不是一個洞了，是一個大大的滑梯。
溜下去！我看到爺爺和奶奶在滑梯下面向我伸出雙臂。風吹過我的頭髮，
讓我好興奮！

我滑啊，滑啊，滑下去了……哇！

我的滑梯不知不覺的變成了一張大飛毯。
好神奇啊，在這裡我看到了整個世界，有草地、田野和山脈。這裡是我的
家，旁邊是我爺爺奶奶的家。原來它們的距離比我想像的還要近，我放心
了！

現在我要來睡個好覺了，你要一起嗎？
明天，我保證天會亮，然後我們會找到所有我們愛的人。